1.

Dieses schlürfende und schmatzende Geräusch machte mich unglaublich geil. Noch unglaublicher war nur noch das Gefühl, wie diese geschickte Zunge immer wieder meine Hoden und meine Rosette abtastete...

Eigentlich wollte ich mich hier im Personalbüro nur vorstellen und um die freie Stelle als Kurierfahrer bewerben. Ich hatte dort allerdings nur die Sekretärin angetroffen.
Sie war etwa 40 Jahre alt und hatte blonde, lange Haare, die mit einer roten Haarklammer zu einer hübschen

Hochsteckfrisur zusammengefügt waren. Es war eine attraktive Frau, die mich freundlich anlächelte.

Aber noch bevor ich die Gelegenheit bekommen hatte, ihr mitzuteilen, warum ich da war, war die Bürotür bereits verschlossen und sie kniete zwischen meinen Beinen. Schnell war mir die freie Stelle in dieser Firma völlig egal.

Inzwischen hockte diese tolle Frau bestimmt schon zehn Minuten vor mir. Es gab keine Stelle zwischen meinen Beinen, die inzwischen nicht gründlich abgeleckt worden war.

Mein Schwanz war bereits jetzt so hart, dass ich befürchtete, ich würde losspritzen, bevor die richtigen Sauereien überhaupt begonnen hatten.

Inzwischen hatte sie meinen Pimmel in ihrem Mund. Ihre vollen Lippen rutschten

immer vor und zurück, während ich langsam begann, zuzustoßen.
Immer schneller fickte ich ihre gierige Mundfotze. Meine Eichel verschwand dabei tief in ihrem Rachen. Sie schien das gewöhnt zu sein, da sie keinerlei Würgereiz zu verspüren schien.

Schon bald war ich kurz davor, einfach loszuspritzen. Sie schien die ersten Tröpfchen meiner Vorfreude zu schmecken, denn sofort zog sie meinen Pimmel aus ihrem Hals und schleckte mit ihrer nassen Zunge über meine Eichel.

Sie stand auf und zog vor mir ihren Rock hoch, dass ich den kleinen schwarzen Slip darunter sehen konnte. Dann setzte sie sich vor mir auf den Schreibtisch, spreizte die Beine und schaute mich auffordernd an.

Ich wusste sofort, was sie wollte Aber bevor ich meinen fast schon explodierenden Schwanz in ihre Möse schob, wollte ich wissen, wie sie schmeckte.

Also kniete ich mich auf den Boden. Schnell schob ich den Stoff des Slips zur Seite und starrte auf diese wundervolle, blank rasierte und nass glänzende Fotze. Ich zog mit beiden Händen die Schamlippen auseinander und ließ meine Zunge tief in dem zuckenden Loch, was sich nun direkt vor meinem Gesicht befand verschwinden. Gierig schleckte ich in dieser nassen Muschi herum. Der Geschmack auf meiner Zunge machte mich noch geiler. Mit meinen Fingerspitzen spielte ich an dem kleinen, zuckenden Kitzler herum. Die Sekretärin stöhnte vor Geilheit laut auf.

Dann konnte ich mich nicht mehr zurückhalten. Ich stand auf und riss ihr die Bluse auf. Mit beiden Händen griff ich nach den üppigen Titten, die sich noch gut verpackt in einem schwarzen Spitzen-BH befanden. Ich schob die Brüste einfach nach oben aus dem BH und konnte nun genüsslich daran herumkneten. Für längere Fummeleien fehlte mir aber die Zeit, denn ich wollte sie ficken und war kurz vorm Abspritzen.

Also schubste ich sie einfach um. Nun lag diese tolle Frau vor mir auf dem Rücken und ihre Möse war genau auf der richtigen Höhe.

Also setzte ich meine knallharte Eichel zwischen ihren Schamlippen an und stieß zu. Ich fickte wild drauflos. Der Schreibtisch wackelte und einige Papiere fielen zu Boden. Es hat wohl nur ein paar Sekunden gedauert bis ich spritzte. Ich spritzte immer wieder los und gleichzeitig wurden meine Fickstöße noch schneller.

Ich hörte erst auf, zuzustoßen, als mein Pimmel langsam weich wurde.

Ich zog ihn raus und schaute zufrieden zu, wie der weiße Schleim langsam aus ihrer wundgefickten Möse lief und auf den Tisch tropfte.

Dann zog ich mich an, gab ihr zum Abschied einen ausführlichen Zungenkuss und ging zum Parkplatz. Als ich zu Hause ankam, hatte ich bereits eine Nachricht auf dem Anrufbeantworter.

Den Job als Kurierfahrer habe ich bekommen. Aber jeden Morgen, bevor ich den Kleintransporter belade, gehe ich in ihr Büro und ficke die Sekretärin…

2.

Zuerst hatte er überlegt, den Wagen zu nehmen. Aber da es sein erster Auftrag für Frau Bachmann war, hatte er doch den Jogginganzug gewählt.
Es war 14:53 Uhr und er hatte nur noch zwei Kilometer vor sich. Für einen so durchtrainierten Mann wie Thorben war das wirklich kein Problem. Er würde pünktlich um 15 Uhr vor ihrem Haus stehen.
Als er um 14:58 Uhr durch das geöffnete Tor in die Hofeinfahrt rannte, war er weder verschwitzt noch außer Atem.
Als Fitnesstrainer konnte er es sich nicht erlauben, irgendwie unsportlich zu wirken.

Thorben hielt vor der großen weißen Haustür mit den goldenen Verzierungen an und schaute sich kurz um.

An diesem Anwesen wirkte absolut alles edel und luxuriös. Die riesige gepflegte Gartenanlage, der hellblaue Pool, der Thorben geradezu anleuchtete und der englische Rasen, in dem nicht ein Maulwurfshügel und auch sonst keine Unebenheit zu finden war, wirkten absolut beeindruckend.

Aber auch die Villa selbst war ein absoluter Traum. Die extravagante Architektur mit den riesigen Glasflächen, die goldenen Verzierungen an wirklich allen Ecken und Enden und auch drei Treppenstufen aus edelstem rotem Marmor, die zur Haustür führten, hinterließen bestimmt bei jedem Besucher einen Eindruck, den er nie wieder vergessen könnte.

Thorben betätigte den Klingelknopf neben dem polierten, goldenen Namensschild, in das der Name „Bachmann" eingraviert war.

Nach ein paar Sekunden hörte er Schritte. Die Tür wurde geöffnet und vor dem Fitnesstrainer stand Frau Bachmann.
Der Anblick dieser Frau verschlug dem Fitnesstrainer fast den Atem. Sie war groß und schlank, hatte aber im Bereich des Beckens und der Brust so ausgeprägte Rundungen aufzuweisen, dass wirklich jedem Mann sofort klar einleuchtete, dass es sich hier um ein ausgesprochen weibliches Wesen handelte.
Frau Bachmann war vermutlich schon Mitte vierzig, aber sie wirkte sehr gepflegt. Die mittelblonden, gelockten Haare trug sie offen, aber sie lagen so perfekt, dass hinter dieser simpel wirkenden Frisur bestimmt viel Arbeit steckte. Das Gesicht war dezent

geschminkt. Der Lippenstift wirkte sehr sinnlich, aber nicht billig.

Die Frau trug eine gut sitzende Markenjeans, durch die ihre tolle Figur hervorragend zur Geltung kam. Die dunkelrote Bluse mit dem leichten Ausschnitt stand ihr ebenfalls ausgesprochen gut.

Das gesamte Outfit sah an dieser Frau toll aus, aber es war mit Sicherheit nicht dazu geeignet, Sport zu treiben. Doch genau dafür hatte sie Thorben ja eigentlich herbestellt, oder?

„Herr Winkelmann, Sie sind ja wirklich pünktlich. Kommen Sie doch herein."

„Guten Tag, Frau Bachmann. Gern. Aber wollten wir nicht etwas Sport treiben?"

„Jetzt kommen Sie schon rein. Erst mal trinken wir jetzt einen Kaffee und lernen uns etwas besser kennen.

Keine Angst. Sie bekommen die Zeit ja bezahlt. Schicken Sie mir einfach eine Rechnung und es wird erledigt. Wie wir die Trainingsstunde rumkriegen, müsste Ihnen doch eigentlich egal sein, oder?"

Thorben lächelte und trat ein. Von innen sah das Haus noch teurer aus, als es schon von außen wirkte.
Er folgte seiner Kundin in ihr Wohnzimmer, wo schon zwei Kaffeetassen und eine Thermoskanne auf dem Couchtisch vorbereitet standen.

Frau Bachmann nahm auf einem der hochwertigen Ledersofas Platz. Thorben setzte sich ihr gegenüber in den Sessel. Dann wollt er der Dame doch noch einmal in Erinnerung rufen, warum er hier war: „Wissen Sie. Natürlich trinke ich gern eine Tasse Kaffee mit Ihnen. Wir kennen uns ja wirklich noch nicht so lange. Aber ich finde, ein kleines Bisschen Sport sollten wir vielleicht trotzdem machen. Sonst habe ich echt ein schlechtes Gewissen."

Frau Bachmann goss Kaffee ein und deutete Thorben mit einer Geste an, dass er sich selbst nach Belieben Milch oder Zucker nehmen sollte.

„Ich glaube, wir müssen hier mal ein paar Sachen klarstellen…

Zuerst mal heiße ich Clarissa und nicht Frau Bachmann. Wie soll ich Sie nennen?"

Er musste lächeln: „Ich heiße Thorben."

„Ok, und das Nächste ist Folgendes: Ich lasse mir doch von Ihnen nicht befehlen, wie wir hier unsere Zeit verbringen. Immerhin werden Sie von mir bezahlt. Also machen Sie gefälligst auch genau dass, was ich möchte. Haben Sie das verstanden, Thorben?" Sie schaute ihn fragend und etwas spöttisch an.

„Natürlich habe ich das verstanden, Clarissa. Was haben Sie denn für heute so alles geplant?"

Clarissa trank einen Schluck Kaffee und schaute Thorben dann von oben bis unten prüfend an.

„Wir werden jetzt erst mal unseren Kaffee trinken. Dafür können wir uns ruhig etwas Zeit lassen. Unser Dienstmädchen macht heute um 15:30 Uhr Feierabend.

Wenn Sie weg ist, haben wir das ganze Haus für uns allein. Dann lernen wir uns erst Mal so richtig gut kennen.
Sie zeigen mir ihren Schwanz und wenn das nicht nur ein kleiner verschrumpelter Wurm ist, vögeln Sie mich so richtig durch.

Wir haben insgesamt eine knappe Stunde Zeit. Mein Mann kommt etwa um 16:30 Uhr aus seiner Firma nach Hause. Meistens hat er im Büro schon heimlich seine Sekretärin gefickt. Dann bekommt der Versager zu Hause eh keinen mehr hoch.

Und ich sehe absolut nicht ein, dass ich es mir selbst mit so einem albernen Gummi-Dildo besorgen muss, wenn doch Geld genug da ist für Fitness-Trainer, Masseure und Gärtner."

Thorben konnte noch gar nicht glauben, was er da gerade gehört hatte: „Das meinen Sie doch jetzt nicht im Ernst, oder?"

Clarissa lächelte ihn freundlich an: „Und wenn es doch Ernst gemeint ist? Wäre es denn so schlimm, ein paar Sauereien mit mir zu machen und dafür bezahlt zu werden? Sehe ich wirklich so schrecklich aus? Oder stehen Sie auf Männer?

„Nein, verstehen Sie mich bitte jetzt nicht falsch. Sie sind eine unglaublich attraktive Frau. Ich bin mir sicher, dass sich jeder Mann glücklich schätzen würde, mit Ihnen ein sexuelles Abenteuer zu erleben...
Schwul bin ich übrigens auch nicht..."

„Dann verstehe ich die ganze Aufregung nicht. Wir sind doch beide erwachsen. Außerdem werde ich mich schon darum kümmern, dass Sie auch auf Ihre Kosten kommen.
Ich kann mit meiner Zunge ein paar Bewegungen machen, die haben Sie bei Ihrem Fitness-Training bestimmt noch nie so gesehen..."

Langsam wurde es Thorben etwas heiß: „Ich kann das hier Alles einfach noch nicht so glauben. Ich bin auch verheiratet. Wenn meine Frau das rausbekommt, bin ich erledigt.

Was passiert denn, wenn Ihr Mann Sie erwischt?"

Clarissa lachte: „Er wird uns nicht erwischen. Ich weiß genau, wann er immer nach Hause kommt. Wenn Marie gleich gegangen ist, schließe ich das elektrische Schiebetor vor der Einfahrt. Wenn er dann doch zu früh nach Hause kommt, können Sie ja schnell nackt in den Kleiderschrank huschen oder sich unterm Bett verstecken oder so…"

In diesem Augenblick öffnete sich die Wohnzimmertür und das Dienstmädchen kam herein. Sie war etwas 20 Jahre alt und trug eine Uniform, wie Thorben sie bisher nur aus amerikanischen Fernsehsendungen kannte. Sie hatte brünette, lange, Haare, die sie zu einem etwas streng wirkenden Dutt hinterm Kopf zusammengebunden hatte. Sie war ziemlich klein und hatte üppige Kurven. Thorben fand sie ziemlich süß.

„Frau Bachmann, wenn nichts mehr zu erledigen ist, würde ich jetzt für heute Schluss machen..."

„Danke, Marie. Es ist alles ok. Schönen Feierabend noch."

Marie verabschiedete sich und verließ den Raum. Ein paar Minuten später fuhr sie in ihrem roten Kleinwagen durch das Schiebetor und war dann verschwunden. Die Ausfahrt war durch das Wohnzimmerfenster gut einsehbar.

Clarissa stand auf und betätigte einen Drehschalter neben der Tür. Das große Stahltor schloss sich langsam. Der starke

Elektromotor, der es antrieb, war wirklich gut hörbar.

Dann schaute sie auffordernd zu Thorben: „Ok, Süßer. Jetzt will ich wissen, was du so kannst..."

Sie stellte sich direkt vor Thorben, der noch immer etwas hilflos im Sessel saß und öffnete langsam ihre Bluse. Dann knöpfte sie die Jeanshose auf und schob langsam den Reißverschluss nach unten.

„Und, Süßer? Schläfst du jetzt im Sessel ein oder besorgst du es mir endlich?"

Jetzt konnte sich Thorben nicht mehr zurückhalten. Diese Frau war einfach zu attraktiv, um sie zu ignorieren.
Er sprang auf, nahm sie in den Arm und presste gierig seine Lippen auf ihre. Sie öffnete sofort ihren Mund und begann,

seine Lippen mit ihrer Zungespitze
auseinander zu schieben.

Thorben öffnet seinen Mund also auch und
spürte sofort, wie ihre Zunge in seine
Mundhöhle schnellte und von innen seine
Wangen abtastete. Thorbens Zunge wurde
daraufhin komplett selbständig. Ohne,
dass er es steuern konnte, wanderte sie
langsam in Clarissas Mund und schleckte
darin herum.

Eigentlich wollte Thorben stundenlang so
weiter machen. Es gefiel ihm unheimlich
gut, diese wunderschöne, reife Frau in
seinem Armen zu spüren und zu küssen.

Aber Clarissa wollte mehr als Das. Sie
schubste seine Zunge einfach mit ihrer
Zungenspitze aus ihrem Mund und ging vor
ihm auf die Knie. Dann griff sie mit beiden
Händen in seinen Hosenbund und riss mit
einem kräftigen Ruck gleichzeitig seine
Jogginghose und seinen Slip herunter.

Sofort sprang ihr Thorbens steifer Penis entgegen und blieb direkt vor ihrem Gesicht waagerecht stehen.

Clarissa grinste zufrieden: „Ich wusste doch, dass du einen richtig dicken Schwanz in der Hose hast..."

Dann griff sie das Glied mit einer Hand und drückte es nach oben. Mit der anderen Hand umfasste sie nun Thorbens Hodensack und begann ihn zärtlich zu kraulen. Thorben hatte seinen Intimbereich am Vortag frisch rasiert. Clarissa streichelte zufrieden über die glatte Haut. Dann beugte sie sich vor und begann, Thorbens Hoden langsam mit ihrer Zunge abzutasten. Das Gefühl war so unbeschreiblich schön, dass Thorben fast vor Begeisterung los gestöhnt hätte.

Nach kurzer Zeit öffnete Clarissa ihre Lippen weit und schlürfte den kompletten

Hodensack in ihrem Mundraum. Sie saugte zärtlich und ließ weiterhin ihre Zunge über die Hoden tanzen.

Jetzt konnte Thorben ein zufriedenes Stöhnen nicht mehr verhindern.

Wenig später spuckte die erfahrene Frau seine Hoden einfach wieder aus.
Stattdessen kümmerte sie sich nun um seinen Penis.
Sie schob die Vorhaut zurück und spuckte auf seine Eichel. Dann schob sie die Vorhaut wieder nach vorn. Ein Teil ihres Speichels tropfte von Thorbens penisspitze auf den edlen Granitboden. Der Rest der Flüssigkeit verteilte sich über seine Eichel und macht die Oberfläche schön glatt.
Jetzt schob Clarissa die Vorhaut mit hoher Geschwindigkeit immer wieder vor und zurück. Thorben begann bereits den Druck in seinen Hoden zu spüren. Lange

würde er diese Behandlung nicht ohne Samenerguss aushalten.

„Machen Sie bitte nicht weiter. Sonst spritze ich gleich schon los…"

Clarissa schaute zu ihm hoch und lächelte. Sie nahm seinen Penis kurz in ihren Mund und schob ihn so tief wie möglich hinein. Das Glied war so hart und groß, dass die Eichel fast in ihrem Hals landete.
Dann zog sie ihren Kopf zurück und gab Thorbens Geschlechtsteil wieder frei.

„Wenn wir hier schon Sauereien machen, wirst du mich gefälligst duzen. Und wenn du es wagst, mir jetzt schon ins Gesicht zu spritzen, kann ich dich nicht gebrauchen. Ich will es schließlich auch richtig besorgt bekommen."

Das hatte Thorben verstanden. Bisher war er selbst wirklich recht untätig gewesen. Das wollte er nun aber ändern.

Er griff unter Clarissas Achseln und zog die Frau einfach nach oben. Als sie nun wieder vor ihm stand, schob er ihre bereits aufgeknöpfte Bluse auseinander. Der BH darunter war rot mit schwarzer Spitze und wirkte edel. Aber er war im Weg. Thorben umfasste ihre Brust mit beiden Armen und begann, den Verschluss des Büstenhalters zu öffnen. Es war etwas kniffelig, aber nach ein paar Sekunden hatte er es geschafft, die kleinen Haken aus den Metallschlaufen zu ziehen. Er riss gierig die Bluse herunter und zog den BH nach vorn, bis die Träger von Clarissas Schultern fielen. Nun stand sie mit nacktem Oberkörper vor ihm.

Der Anblick verschlug ihm den Atem. Ihre Brüste waren groß und schön geformt. Sie wirkten aber natürlich und waren vermutlich nicht mit Silikon gefüllt, Gierig griff er mit beiden Händen zu. Nun hatte er in jeder Hand eine warme, weiche Brust. Seine Hände waren groß, aber diese üppigen Busen bekam er nicht komplett hinein. Er streichelte und knetete über die glatte Haut. Dann beugte er sich vor und begann, Clarissas rechte Brustwarze zunächst mit der Zungenspitze zu umkreisen. Dann umfasste er den Nippel mit seinen Lippen und saugte vorsichtig daran.

Clarissa schien mit dieser Behandlung sehr zufrieden zu sein. Sie griff mit der linken Hand hinter seinen Kopf und zog ihn fester an ihre Brust heran. Mit der rechten Hand fasste sie wieder zwischen seine Beine und kraulte seine Hoden.

Dann hörte er ihre flüsternde Stimme in seinem linken Ohr: „Los, leck mir endlich die Muschi."

Mit seiner Zungenspitze schubste Thorben zärtlich und vorsichtig ihre Brustwarze aus seinem Mund. Dann griff er mit beiden Händen ihre Hüfte und warf sie regelrecht auf das große Ledersofa. Er zog die edlen Damenschuhe aus und riss dann hastig an beiden Hosenbeinen, bis er die leere Jeans in den Händen hielt. Thorben blickte nach vorn und sah vor sich eine wunderschöne Frau, die nur noch mit einem kleinen rot-schwarzen Slip bekleidet war. Sie räkelte sich erregt auf dem Sofa und wollte endlich befriedigt werden.

Thorben zog seine auf den Füßen liegende Jogginghose und die Unterhose schnell komplett aus. Dann drückte Clarissas Knie etwas auseinander und kniete sich vor sie. Gierig schob er den Stoff des Slips zu Seite und starrte wie hypnotisiert auf ihre Vagina. Die Schamlippen glänzten nass. Die Schamhaare waren zu einem schmalen Streifen vor der Klitoris in Form rasiert. Ansonsten gab es zwischen ihren Schenkeln nur glatte, nasse und glänzende Haut.

Der junge Fitness-Trainer begann damit, Clarissas Schamlippe langsam mit seiner Zungenspitze abzutasten. Der Geschmack war unbeschreiblich.
Thorben spürte, wie sein Penis noch härter wurde. Er wollte mehr von dieser nassen Muschi in seinem Mund spüren.
Seine Lippen schnappten sich Clarissas linke Schamlippe und hielten sie fest.
Dann hob er den Kopf leicht an und zog so leicht an dem nassen Stück Fleisch, was sich in seinem Mund befand.
Clarissa begann vor Lust zu stöhnen.
Thorben spuckte die Schamlippe aus und wiederholte die Prozedur mit der rechten Schamlippe.
Danach ließ er seine Zungenspitze um die Klitoris der erregten Frau tanzen und

kreisen. Clarissas Zittern verriet ihm,
dass sie seine Behandlung sehr genoss.

Jetzt zog er ihre feuchten Schamlippen
mit den Fingern seiner linken Hand
langsam auseinander, bis er tief in ihre
Vagina sehen konnte.
Er nahm seinen rechten Zeigefinger kurz
in den Mund und bedeckte ihn mit
Speichel, damit er schön nass und
glitschig wurde. Danach schob er den
Finger langsam zwischen die Schamlippen.
Da Clarissa es mit einem zufriedenen
Aufschrei quittierte, schob er den Finger
so tief wie möglich in ihre Vagina. Clarissa
griff sein Handgelenk mit ihrer rechten
Hand und fing an, es immer wieder vor und
zurück zu schieben. Der nasse Finger
flutschte so immer wieder in diese warme
enge Höhle hinein und wieder heraus.

Als der Finger sich mal wieder kurz vor
Clarissas Scheide befand, griff sie auch

mit ihrer linken Hand nach seinen Fingern. Sie zog an seinem Mittelfinger und streckte ihn auch gerade nach vorn.

„Es muss dicker sein", flüsterte sie.

Thorben gehorchte. Als Nächstes schob er Zeigefinger und Mittelfinger gemeinsam in ihre Vagina hinein. Sie fühlte sich nun noch viel wärmer und enger als vorher an. Er war sich zunächst nicht sicher, ob ihr seine Bewegung Schmerzen bereiten würde und bewegte seine Hand nur langsam und vorsichtig nach vorn.

Clarissa ließ sich so eine übervorsichtige Behandlung aber nicht gefallen. Erneut griff sie nach seinem Handgelenk und brachte es in Bewegung. Immer wieder und immer schneller ließ sie ihn seine Finger in ihre nasse Scheide rammen.

Sie wurde dabei immer geiler und ihr Stöhnen wurde immer lauter. Nach einer Weile zitterte sie am ganzen Körper.

Sie wollte jetzt mehr als nur ein Vorspiel:

„Jetzt fick mich endlich durch. Oder brauchst du diesen dicken Schwanz nur zum Pissen?"

Die Aufforderung war nicht gerade freundlich, aber Thorben war nicht beleidigt.
Er war genauso geil wie seine Kundin und es war ihm die ganze Zeit schon schwer gefallen, nicht sofort sein Glied in sie hinein zu schieben.
Das holte er jetzt aber nach. Er stand auf und sprang regelrecht in diese erotische Frau hinein. Er drückte ihre Knie noch weiter auseinander, setzte seine knallharte, dunkelrote Eichel zwischen ihren Schamlippen an und stieß zu.

Der steife Penis flutschte tief in Clarissas Scheide hinein. Sie schrie laut auf und fasste mit beiden Händen um sein Becken. Er spürte, wie sich ihre spitzen, manikürten Fingernägel in seine Haut stachen.

Clarissa zog nun sein Becken enger an ihrer heran. So bohrte sich das Glied noch tiefer in ihren Körper hinein. Dann drückte sie es wieder etwas zurück. Sie wollte richtige Stoßbewegungen von Thorben und die sollte sie auch bekommen. Er hatte ihren Wunsch verstanden und fing an, ihre nasse Muschi mit immer schneller werdenden Fickstößen zu bearbeiten.

Immer wieder ließ er sein Becken nach vorn schnellen und versenkte dabei seinen Penis tief zwischen ihren Schamlippen. Das schmatzende Geräusch, das diese nassen Körperteile bei jeder Bewegung verursachten, erregte Beide noch mehr.

Nach kurzer Zeit konnte Thorben seinen Samenerguss nicht mehr verhindern.

Schnell zog er sein tropfnasses Glied aus Clarissas enger Lusthöhle und stand auf. Er stellte sich vor ihren Oberkörper und spritzte einfach los. In großen Schüben sprudelte das Sperma aus seiner Eichel. Die weißen klebrigen Tropfen landeten auf Clarissas Brüsten, ihrem Hals, im Gesicht und sogar im Haar.

Sie öffnete den Mund und versuchte, möglichst viel von dem umher fliegenden Samen aufzufangen.. Bald waren auch ihre Lippen und die Zunge mit der weißen Soße bedeckt.

Nach einer Weile war die Quelle versiegt. Thorbens Penis war immer noch steif und befand sich direkt vor Clarissas Oberkörper.

Den Anblick dieser schönen Frau, die fast nackt vor ihm auf dem Rücken lag und deren kompletter Oberkörper mit seinen

Spermatropfen übersäht war, würde er nie wieder vergessen.

Clarissa richtete sich zufrieden auf. Sie griff nach Thorbens Glied und leckte gierig die letzten Samentröpfchen von der Eichel herunter.

Danach streichelte sie sich mit ihren Fingerspitzen über die Brüste und das Gesicht und sammelte dabei die kleinen Spermapfützen auf. Danach leckte sie sich die Finger sorgfältig sauber.

Sie grinste Thorben an: „Ok, ich denke, dass war es erstmal für heute. Kommen Sie bitte morgen wieder um 15:00 vorbei. Wenn schönes Wetter ist, könnten wir dann ja etwas Wassergymnastik im Pool machen…"

3.

Es war Montag. Montage konnte Lisa noch nie leiden. Sie schnitt Möhren in kleine Scheiben. Das war eine Aufgabe, die sie hasste.

Zwar musste sie ständig irgendwelches Gemüse klein schneiden, aber gerade Möhren konnte sie nicht leiden. Die Scheiben waren so klein, dass man in der Schüssel, in die sie sie warf, fast überhaupt keinen Fortschritt erkennen konnte.
In solchen Momenten fing sie immer an, sich selbst Vorwürfe zu machen. „ Wenn du in der Schule nicht aufpasst, wirst du hinterher Putzfrau" hatte ihre Mutter immer gesagt.

Lisa ist zwar trotz ihres ziemlich miesen Schulabschlusse nicht Putzfrau geworden. Allerdings hat sie auch keine abgeschlossene Ausbildung und arbeitete seit Jahren in der Mensa des hiesigen Stahlwerks als Küchenhilfe.
Das war aus Lisas Sicht aber nicht wirklich besser als Putzfrau zu sein. Inzwischen war sie 41 Jahre alt und es war auch keine berufliche Verbesserung in Sicht.

Eigentlich arbeitete sie trotz der stupiden Arbeit und der lausigen Bezahlung recht gern in der Küche. Hier war sie nicht allein. Auch ihre beste Freundin Anja arbeitete hier. So konnten sie oft gemeinsam über Besucher der Kantine und ungeliebte Kollegen lästern, was beiden Frauen einen riesigen Spaß bereitete. Außerdem konnte Lisa so ihrem Ehemann Holger aus dem Weg gehen, der inzwischen seit fast zwei Jahren

durchgehend arbeitslos war und ihr zu
Hause oft ganz schön auf die Nerven ging.

Meistens war er recht betrunken und
daher lief auch im Schlafzimmer fast gar
nichts mehr. Das störte Lisa am meisten.
Sie liebte Sex und sah auch nicht ein,
darauf verzichten zu müssen. Zwar
versuchte sie immer wieder, Holger
wieder auf den Geschmack zu bringen,
aber meistens erfolglos. Erst gestern
hatte sie ihm, als er abends müde auf dem
Sofa vorm Fernseher gesessen hatte, in
die Jogginghose gegriffen, seinen Penis
herausgefischt und zärtlich daran
herumgelutscht. Holger hatte sich
dagegen zwar nicht gewehrt und sie
einfach an seinem Glied saugen lassen,
biss ihr sein Sperma in den Mund
gespritzt war, aber Lisa hatte er dabei
auch nicht verwöhnt. Sie schluckte sehr
gern seinen Samen und fand den
Geschmack auf ihrer Zunge toll, aber auch

sie wollte mal wieder zum Höhepunkt gebracht werden.

Früher war Holger sehr geschickt mit der Zunge gewesen und hatte damit oft ausführlich ihre Klitoris und die Schamlippen verwöhnt, bis sie klitschnass im Schritt war und vor Erregung laut schrie. Inzwischen passierte von ihm aus aber gar nichts mehr.

Lisa war jetzt endlich fertig mit den verhassten Möhren und deponierte die Schüssel neben dem Gasherd bei den anderen vorbereiteten Kochzutaten. Danach stellte sie sich neben Anja an die Arbeitsplatte und half ihr, Zwiebeln klein zu schneiden.

Anja wischte sich mit dem Ärmel ihrer Bluse ein paar Zwiebeltränen von den Wangen. „Und, wie war es gestern?" wollte sie wissen.

„Scheisse halt, wie immer. Ich hab' ihm einen geblasen, aber er hat wieder nur besoffen vor der Glotze gesessen und nichts gemacht."

„Toll. Kriegt er dabei denn wenigstens noch ein richtiges Rohr?"

„Das schon. Er hat echt einen riesigen Schwanz. Und gespritzt hat er auch ganz schön viel.
Wenn er jetzt noch so einen kleinen Hängepimmel hätte, zusätzlich zu diesem Scheiß-Verhalten, dann hätte ich ihn schon längst rausgeschmissen.
Das dicke Rohr ist der einzige Grund, warum der Penner noch da ist. Ich hoffe halt immer noch irgendwie, dass er sich wieder ändert."

„Hast du ihm auch gesagt, dass er es dir mal wieder richtig besorgen soll?"

„Sicher, aber er tut dann immer so, als hört er es nicht. Oder er sagt, ich motze immer nur an ihm rum.
Und, tut sich bei dir was in letzter Zeit?"

„Vergiss es. Marco ist ja jetzt nach Köln gezogen wegen dem Koch-Job in diesem Schwuchtel-Club.
Und sonst habe ich ja keinen zum Ficken. Ich steck' mir jeden Abend den Dildo in die Möse."

Marco war bis zur letzten Woche Koch in der Mensa gewesen. Wegen der schlechten Bezahlung hatte er aber gekündigt.
Anja hatte ihn abends gern mal mit nach Hause genommen und die Nacht mit ihm verbracht.

„Mist, stimmt ja. Dann müsste aber doch heute eigentlich der neue Koch anfangen, oder?" fragte Lisa.

„Eigentlich schon. Ich bin jetzt echt gespannt, ob der auch so süß ist. Ich könnte echt mal wieder einen richtigen Schwanz gebrauchen..."

Gemeinsam schnitten sie die Zwiebeln fertig. Danach verließ Anja die Küche und putzte noch einmal über die Tische im Restaurant-Bereich.
Lisa begann, die Großküchen-Spülmaschine umzuräumen.
Dann ging die Tür auf und ein junger Mann betrat die Küche.
Lisa schaute ihn interessiert an. Er war bestimmt höchstens 25 Jahre alt, hatte kurze dunkelblonde Haare und strahlende, blaue Augen.
Lisa fand ihn auf Anhieb unheimlich süß.

„Kann ich helfen?" fragte sie freundlich.

„Das wäre toll. Ich heiße Marcel. Und ich soll hier heute kochen."

„Ich bin Lisa. Komm mit, ich zeig' dir alles."

Lisa führte ihn durch die ganze Küche, zeigte ihm Waschraum, Umkleidebereich und Toiletten. Dann stellte sie ihm Anja und Gerd, den zweiten Koch, der gerade hereinkam, vor. Gerd war für Lisas Geschmack etwas zu klein und zu dick, aber er war immer freundlich.

Anja schien etwas enttäuscht vom neuen Koch zu sein. Sie war zwar nett zu ihm, aber viel zurückhaltender als sonst.

Als damals Marco neu angefangen hatte, hatte Anja ihn sofort ganz intensiv angeflirtet. Damals hatte sie ihn direkt am ersten Tag nach Feierabend in den Waschraum gezerrt und ihm so offensiv ihre nackten Brüste präsentiert, dass Marco gar keine andere Wahl geblieben war, als mit ihr zu schlafen.

Als Lisa später am Nachmittag gemeinsam mit Anja die Küche putzte, fragte sie interessiert nach.

„Was hast du denn gegen Marcel? Der ist doch total niedlich."

„Ich hab' doch gar nichts gegen ihn."

„Erzähl' doch keinen Quatsch, Anja. Du machst einen Riesenbogen um ihn. Sonst fängst du doch immer sofort an zu baggern...."

„Ok, ich geb's ja zu. Marcel ist echt putzig. Ich könnte den Typen sofort komplett auslutschen.

Aber er ist doch viel zu jung für mich. Der lacht sich doch kaputt, wenn ich alte Schachtel anfange, ihn anzumachen."

„Du spinnst, Anja. Du bist gerade mal 43 und siehst absolut hammermäßig aus. Wenn ich ein Kerl wäre, würde ich dich sofort in die Büsche zerren..."

Lisa überlegte kurz, ob sie wirklich weiterreden sollte, aber dann traute sie sich doch.

„.....Um ehrlich zu sein, finde auch ich als Frau dich unheimlich geil....."

Anja schaute sie überrascht an: „Das meinst du doch nicht ernst, oder?"

„Doch. Was glaubst du, wie oft ich schon davon geträumt habe, an dir rumzuspielen..."

Lisa war inzwischen knallrot. Anja war schon seit über zehn Jahren ihre beste Freundin. Sie konnten wirklich über alles reden. Aber wie Anja auf das reagieren würde, was sie ihr jetzt gerade erzählt hatte, konnte sie überhaupt nicht einschätzen.

„Würdest du dich das echt trauen?" fragte Anja unsicher, aber offenbar auch interessiert.

„Vielleicht...ich glaube schon..." meinte Lisa etwas kleinlaut.

„Ok, ich finde dich auch klasse. Aber ich muss erst mal drüber nachdenken..." stotterte Anja unsicher.

Außer den beiden Frauen war inzwischen niemand mehr in der Mensa.

Sie standen sich nun wortlos gegenüber. Anja musterte Lisa von oben bis unten.

Lisa sah toll aus mit ihren schulterlangen blonden Haaren. Sie hatte eine tolle, schlanke Figur mit recht großen, festen Brüsten und ein Becken, das an genau den richtigen Stellen die richtigen Kurven aufwies. Am besten gefiel Anja aber Lisas Gesicht. Ihre Lippen waren sinnlich geschwungen und nicht zu dünn und die blauen Augen strahlten so intensiv durch die dünne Nickelbrille, dass Anja sofort gute Laune bekam, wenn sie Lisa sah.

„Ok, ich habe genug nachgedacht", sagte sie dann überzeugt.

Lisa schaute sie etwas überrascht und schüchtern an.
Anja übernahm jetzt einfach die Initiative. Sie löste die Schleife von Lisas Schürze und entfernt das störende

Kleidungsstück schnell, indem sie sie über Lisas Hals nach oben weg zog und dann einfach zu Boden warf. Dann begann sie langsam, die weiße Bluse darunter aufzuknöpfen. Als alle Knöpfe geöffnet waren, schob sie langsam, aber bestimmt jeweils eine Hand unter die Körbchen von Lisas BH. Sie kraulte und massierte sanft die großen, weichen Brüste.

Dann fasste sie hinter Lisas Rücken und öffnete geschickt den Verschluss des störenden Kleidungsstücks. Nun konnte sie einfach den BH nach oben schieben und die Brüste komplett freilegen.

Anja fing jetzt an, Lisas Brustwarzen mit ihrer Zunge zu liebkosen.

Die Zungenspitze kreiste langsam um die Nippel, die vor Erregung immer härter wurden, herum.

Lisa hatte zwar eigentlich angefangen, Anja ihre Gefühle einzugestehen, aber sie hatte noch nicht den Mut, selbst aktiv zu werden. Sie stand einfach regungslos da und lies es geschehen.

Anja hingegen hatte inzwischen so großen Gefallen daran gefunden, Lisa zu verwöhnen, dass sie sich nicht mehr bremsen lies.

Sie kniete sich vor Lisa auf den Boden und schob ihren Rock langsam nach oben. Lisa trug darunter einen hauchdünnen pinken Slip, durch den sich ihre Schamlippen deutlich abmalten. Anja streichelte an dieser Stelle über den Stoff und merkte dabei, dass der Stoff des Höschens schon ganz nass war. Das war die Bestätigung, die Anja noch gefehlt hatte. Jetzt wusste sie, dass Lisa die Situation genau so genoss wie sie selbst.

Um keine weitere Zeit zu verschwenden, zog sie den Slip einfach herunter und lies ihn auf Lisas rote, hochhackige Schuhe fallen. Dann begann Anja, Lisas Klitoris mit ihrer Zungenspitze zu umkreisen.

Lisa wurde ganz unruhig und begann, erregt zu stöhnen.

Anja nahm dann die Hand ihrer Kollegin, setzte sich auf den kalten Fliesenboden und zog Lisa ebenfalls nach unten und schubste sie geradezu um, so dass Lisa auf dem Rücken lag und instinktiv ihre Beine etwas spreizte.
Danach suchte Anja etwas, was etwa die Größe eines männlichen Gliedes hatte. Sie wusste ja, dass Lisa schon lange keinen richtigen Sex mehr bekommen hatte und wollte nun zumindest einen akzeptablen Geschlechtsverkehr für sie simulieren.

Nach kurzem Suchen viel ihr Blick auf einen Bund Möhren, der noch unverarbeitet im Regal unter der Arbeitsplatte der Großküche herumlag. Anja wählte die größte Karotte und zog sie aus dem Bund heraus.

Dann nahm sie die Spitze dieser Möhre selbst in den Mund und leckte sie mit ihrer Zunge an, damit sie möglichst nass wurde.

Sie schob die glitschige Karotte vorsichtig zwischen Lisas Schamlippen. Lisa quietschte regelrecht vor Begeisterung. Da die Resonanz so positiv war, schob Anja die Möhre nun zunächst recht tief in Lisas Vagina hinein und zog sie kurz danach wieder zurück. Dann stieß sie mit dem immer glitschiger werdenden Gemüse immer wieder zu.

Lisa fing an zu kreischen. „Ja, gib's mir mit dieser Scheiß-Möhre."

Anja lächelte. Es bereitete ihr riesige Freude, ihre beste Freundin leidenschaftlich zu verwöhnen. Sie bewegte die Karotte in ihrer Hand immer schneller. Anja konnte sehen, wie sich auf

Lisas Schamlippen vor Erregung immer mehr Tröpfchen bildeten und an den nassen Oberschenkeln zum Fliesenboden herunterliefen.

Lisa stöhnte immer lauter und fing immer mehr an, zu zucken und zu zappeln. Dann kreischte sie laut los. Einen solchen Orgasmus hatte sie bestimmt schon lange nicht mehr erlebt. Sie blieb einfach auf dem Rücken liegen, atmete schnell und sah glücklich aus.

Anja zog die klitschnasse Möhre heraus und begann, sie abzulecken. Bisher hatte sie sich nur mit männlichen Geschlechtsteilen so ausführlich beschäftigt, aber der Geschmack dieser Karotte gefiel ihr unheimlich gut.

Lisa hatte sich etwas erholt. Jetzt wollte sich bei Anja revanchieren. Sie schob daher zurück, bis nun Anja auf dem Rücken lag. Dann kniete sie sich rückwärts direkt über Anjas Kopf und begann, beide Händen in ihren Ausschnitt unter den BH zu schieben. Dort begann sie, ausführlich aber doch sanft, Anjas Brüste zu massieren.

Anja genoss das Gefühl. Sie konnte ihren Blick nicht von Lisas Vagina abwenden, die sich nur wenige Zentimeter über ihrem Gesicht befand. Sie versuchte, die Schamlippen zu erreichen. Als sie ihren Kopf leicht anhob, schaffte sie es aus. Sie umspielte die nassen Schamlippen erneut mit der Zungenspitze.

Lisa fing nun an, den Gürtel und Reißverschluss von Anjas hautenger Jeanshose zu öffnen. Als sie das endlich geschafft hatte, schob sie vorsichtig eine Hand unter den gerade freigelegten Slip, der sich auch schon ziemlich feucht anfühlte. Lisa tastete zärtlich Anjas Klitoris und Schamlippen ab. Anja fühlte sich zwischen den Schenkeln toll an. Alles war nass und unheimlich glatt. Lisa konnte nicht ein einziges Haar spüren. Anja musste sich kurz vorher rasiert haben.

Lisa schob jetzt den störenden Stoff der Jeanshose und des Schlüpfers bis zu Anjas Knien runter, beugte sich so weit nach vorn, bis sie den kompletten Intimbereich zärtlich küssen und lecken konnte.

Anja, die durch Lisas Vorbeugen nun deren nasse Vagina fast ins Gesicht gedrückt bekam, genoss diese Situation. Sie schleckte genüsslich zwischen Lisas Oberschenkeln herum und spürte gleichzeitig auch Lisas Zunge, die sich geradezu in ihre Vagina hineinbohrte. Denn auch Lisa war nicht untätig. Sie hatte gerade keine Möhre griffbereit und wollte ihre Position auf gar keinen Fall verlassen, um sich eine zu holen. Daher schob sie einfach zunächst ihre Zungenspitze und, als sie an Anjas erregten Zuckungen merkte, dass dieser die Behandlung offenbar gut gefiel, auch noch ihren Mittelfinger so tief zwischen die glitschigen Schamlippen, wie sie nur konnte. Anjas Vagina fühlte sich unheimlich nass und warm an. Es war ein tolles Gefühl an Lisas Finger. Da noch etwas Platz zu sein schien, schob sie einfach noch den Zeigefinger und kurz darauf auch den Daumen in Anja hinein. Als Lisa am Zucken und Stöhnen merkte, dass Anja mehr wollte, begann sie ihr Handgelenk immer schneller zu bewegen. Die Finger flutschten nur noch vor und zurück. Dabei entstand ein schmatzendes Geräusch, welches Lisa unglaublich gut gefiel. Nach kurzer Zeit lagen beide Frauen nebeneinander müde und zufrieden auf dem Boden.

„Das hätte ich heute morgen nicht geglaubt, dass dieser Tag so geil endet" meinte Lisa.

„Das war der Hammer. So was habe ich noch nie erlebt. Du kannst viel geiler lecken als alle Kerle, die ich kenne," fand Anja.

„Und ich fand Möhren noch nie so toll wie heute" beschloss Lisa.

„Du bist so eine tolle Frau. Du darfst dich von diesem Scheiss-Kerl nicht so kacke behandeln lassen" fand Anja.

„Das stimmt. Aber ab und zu brauche ich einen richtigen Schwanz. Und Holger seiner ist wirklich der Hammer…"

„Ok. Also, ich habe eine coole Idee, wie wir beide viel geilen Spaß kriegen und Holger dich demnächst wieder so vögelt, wie sich das gehört.
Das klappt aber nur, wenn du einverstanden bis", sagte Anja.

Lisa war echt gespannt.

4.

Frank schüttete den Inhalt des Grasfangkorbs in die Sammeltonne für Grünabfälle. Dann hängte er den Fangkorb wieder in den Rasenmäher ein. Er startete den Mäher mit einem kräftigen Zug an der Startleine und schob ihn danach wieder vor sich her.

Der gepflegte Rasen des Anwesens war riesig und Frank würde bestimmt noch zwei Stunden brauchen, um mit den Mäharbeiten fertig zu werden. Die Sonne stand hoch oben am blauen, wolkenlosen Himmel und das T-Shirt war schon völlig nass geschwitzt.

Frank fragte sich gerade zum wiederholten Mal, warum man keinen großen Aufsitzrasenmäher besitzt, wenn man so ein riesiges teures Haus mit einem noch viel riesigeren Grundstück besitzt und mit Sicherheit genug Geld für gute Gartengeräte vorhanden wäre.

Frank hatte heute aber seinen ersten Tag als Gärtner des Ehepaars Schneider und er würde seine neue Anstellung bestimmt nicht durch das Stellen unverschämter Fragen gefährden. Also schob er den Rasenmäher einfach weiter.

Nachdem er etwa weitere 150 Quadratmeter des Rasens gekürzt hatte, begann der Benzinmotor des lauten Gartengeräts zu husten und blieb kurz danach stehen.

Frank seufzte, ließ den Mäher stehen und ging zurück zum Haus, um aus der daneben befindlichen Doppelgarage, in der nicht nur die hochwertigen Fahrzeuge, sondern auch alle Gartengeräte nebst Zubehör untergebracht wurden, den Benzinkanister zu holen. Als Frank endlich vor dem offenen Rolltor der Garage stand, stellte er fest, dass keine Fahrzeuge da waren. Also waren seine Arbeitgeber offenbar beide unterwegs.

Frank nahm sich den halbvollen Benzinkanister aus dem Regal und wollte gerade wieder zurück zum Rasenmäher gehen, als er ein Motorengeräusch hörte. Dann fuhr das rote Cabriolet von Monika Schneider durch das Tor in die Garage Monika stieg aus.
In dieser Situation starrte Frank sie beinahe fassungslos an. Er hatte sich bisher nur mit Martin Schneider unterhalten und dessen Ehefrau nie aus der Nähe gesehen.
Aber nun stand er ihr in der Garage direkt gegenüber und sie sah einfach unglaublich schön aus.
Monika Schneider war 45 Jahre alt und hatte feuerrote, lange Haare, die sie mit

einer Haarnadel zu einem strengen Knoten hinter dem Kopf zusammengesteckt hatte. Das grüne Kostüm mit dem knielangen Rock unterstrich ihre schlanke Figur, brachte aber auch ihre weiblichen Kurven mit der rundlichen Hüfte und den offenbar üppigen Brüsten toll zur Geltung.

Sie schaute Frank überrascht und fragend an. Offenbar hatte auch sie nicht damit gerechnet, hier in der Garage jemanden zu treffen.

„Guten Tag, Frau Schneider", stammelte er schüchtern.

„Ach ja, Sie sind der neue Gärtner" stellte Monika nüchtern fest. „Wie war noch mal Ihr Name?"

„Frank Kiesbach heiße ich. Ich habe mir nur Benzin für den Rasenmäher geholt. Ich mache dann jetzt mal weiter...."

Monika fand seine schüchterne und etwas ängstliche Art scheinbar recht amüsant, da sie spöttisch zu lächeln begann.

„Immer mit der Ruhe. Ich will mich jetzt bei dem schönen Wetter erst mal in Ruhe auf die Terrasse setzten. Sie wollen mir doch jetzt nicht etwa stundenlang mit diesem lauten Mistding auf den Keks gehen wollen, oder?"

„Natürlich nicht. Ich wäre aber auch in zwanzig Minuten damit fertig...."

„Sie wollen mich wirklich ärgern, oder?" fragte Monika neugierig.

„Nein, Frau Schneider, auf keinen Fall. Dann schneide ich halt erstmal die Rosen etwas nach und mähe später weiter."

„Jetzt ist aber mal Schluss mit dem
Stress. Martin schmeißt Sie schon nicht
sofort raus, wenn der Rasen erst morgen
fertig wird. Trinken Sie einen Kaffee mit
mir, Herr Kiesbach?"

Frank wusste nicht, was er sagen sollte.
Natürlich würde er gern mit dieser
wunderschönen Frau einen Kaffee trinken.
Es gab auch noch viele andere Sachen, die
er gern mit ihr machen würde.
Aber er hatte sich schon so lange mit
irgendwelchen schlecht bezahlten
Hilfsarbeiterjobs durchgeschlagen, dass
er unheimlich glücklich war, als Martin
Schneider ihm die Zusage für die
Festeinstellung als Gärtner gab. Hier
bekam er jetzt ein festes Gehalt und war
komplett versichert.
Diese Chance wollte er sich auf keinen Fall
damit versauen, dass er kaffee-trinkend
bei der Ehefrau seines neuen Chefs saß,
statt sich um seine Aufgaben zu kümmern.

Aber wenn er Monika Schneiders Angebot ablehnen würde, wäre er auch unhöflich.

„Ok, ein Tässchen würde ich vielleicht kurz mittrinken. Aber dann muss ich natürlich weitermachen..."

„Na also, dann setzen Sie sich schon mal auf die Terrasse. Ich bringe den Kaffee sofort raus" sagte sie freundlich, aber mit einem etwas spöttischen Unterton.

Dann verschwand sie im Haus.

Frank zuckte die Achseln und trottete zur Terrasse. Dort setzte er sich auf einen der schweren Tropenholzstühle und wartete auf Monika Schneider.

Die ließ sich allerdings Zeit und war für längere Zeit nirgends zu sehen.

Frank schaute auf den Garten und kam zu dem Schluss, dass er mit dem Mähen des Rasens eigentlich schon ziemlich weit gekommen war. Es fehlten nur noch ein paar Quadratmeter bis zum Gartenzaun. Vermutlich würde er nur noch ein paar Minuten brauchen, um diese Arbeit fertig zu stellen.

Fast 30 Minuten später kam Monika mit einem Tablett aus dem Haus. Sie hatte sich inzwischen umgezogen und sah noch umwerfender aus.

Ihre rote Haarmähne ließ sie einfach offen fallen. Sie trug eine helle, weite Stoffhose und ein braunes Top.

Sie stellte vor Frank eine Tasse Kaffee auf den Teak-Holz-Tisch und deutete mit einer Handbewegung an, dass er sich Milch und Zucker nach Belieben vom Tablett nehmen könne.

Er griff sich die Tasse aber einfach so, wie sie war und schlürfte den Kaffee schwarz. Bei sich zu Hause trank er nur ziemlich mittelmäßigen Kaffee aus einer Pad-Maschine. Aber dieser Kaffee hier hatte eine ganz andere Qualität. Er war sehr aromatisch und stark.

Monika führte ebenfalls ihre Tasse an die sinnlichen, dezent geschminkten Lippen. Dann brach sie das Schweigen.

„Wissen Sie, Herr Kiesbach, mein Tag war bis jetzt echt beschissen.

Mein Mann hatte für heute Abend Karten für die Oper besorgt. Aber jetzt lässt er sich den ganzen Tag nicht blicken und verkriecht sich irgendwo in der Firma in seinem Büro. Und dann rief er mich vor zehn Minuten an und sagte mir, dass er zu viel zu tun hat und gar nicht mit mir in die Oper kommen kann…"

„Oh, das tut mir leid Frau Schneider" sagte Frank bedauernd und fragte sich gleichzeitig, warum sie so etwas mit ihrem neuen Gärtner besprach.

Dann schaute ihn Monika Schneider von oben bis unten prüfend an und fragte ihn dann in einer Art Befehlston: „Herr Kiesbach, haben Sie nicht zufällig heute Abend Zeit, mich in die Vorstellung zu begleiten?"

Frank war zunächst völlig sprachlos. Hatte sie ihn das wirklich gefragt? Wenn sie das wirklich wollte, würde er nicht ablehnen können. Sein neuer Arbeitsplatz war ihm viel zu wichtig. Auch gefiel ihm Monika so gut, dass er wirklich gern mehr Zeit mit ihr verbringen würde.

„Wissen Sie, Frau Schneider, das ist wirklich ein tolles Angebot. Aber ich verstehe gar nichts von Opern...."

„So ein Quatsch. Wir setzen uns da hin und hören es uns einfach an. Das ist wirklich nicht besonders kompliziert."

„...Und ich habe wohl auch nicht die richtige Garderobe für so eine Veranstaltung" führte Frank seinen Entschuldigungsversuch fort.

Monika schaute ihn erneut genau an. „Mit den Klamotten könne Sie natürlich nicht mitkommen. Aber Sie sind ungefähr so groß wie Martin. Ich suche ihnen eben einen Anzug mit Hemd von ihm raus."

Frank seufzte. Jetzt fiel ihm keine Ausrede mehr ein. Er nickte also etwas hilflos.

Monika stand entschlossen auf, ging zum Haus und kam nach kurzer Zeit mit einem Kleiderbügel zurück, auf dem ein dunkles, teuer wirkender Anzug hing. Frank nahm den Bügel entgegen und betrachtete die Zusammenstellung etwas genauer. Auch ein Hemd und eine Krawatte befanden sich unter dem Oberteil.

„So, Herr Kiesbach, jetzt fahren Sie mal nach Hause und machen sich schick. Und dann holen Sie mich bitte um halb acht hier ab."

„Ja, ist ok. Aber ich muss eben noch den Rasen zu Ende mähen."

Sie spinnen ja wohl. Das können Sie auch Morgen machen. Jetzt haben Sie einen andere Auftrag, der genauso zu Ihrem Job gehört wie der Scheiss-Rasen."

Frank wurde nachdenklich. Er war sich nicht sicher, ob sie das wirklich so gemeint hatte. Aber er verabschiedete sich höflich und stieg in seinen alten, klapprigen Wagen. Dann fuhr er nach Hause und sprang unter die Dusche.

Pünktlich um 19:30 Uhr parkte er vor dem Haus der Schneiders. Er hatte sich das Auto eines Freundes geliehen. Dieser Wagen war etwas besser in Schuss als sein eigenes Gefährt. Es währe ihm zu peinlich gewesen, Monika in seine gammelige Rostlaube einsteigen zu lassen. Frank stieg aus und klingelte an der Haustür. Nach kurzer Zeit öffnete Monika. Sie trug ein langes, schulterfreies Abendkleid.

„Guten Abend, Frau Schneider. Sie sehen toll aus."

„Danke. Aber Ihnen steht der Anzug auch gut" erwiderte sie geschmeichelt.

Frank öffnete die Beifahrertür des Wagens und ließ sie einsteigen. Dann fuhren sie ins Zentrum der Stadt, ohne dabei auch nur ein Wort zu wechseln. Frank parkte in der modernen Tiefgarage des Opernhauses. Hier war er noch nie gewesen, aber alles war so hell beleuchtet und gut ausgeschildert, dass er sich problemlos zurechtfand.
Die beiden stiegen in den Lift, der sich kurz darauf in der Eingangshalle des Opernhauses wieder öffnete. Monika hielt dem Platzanweiser wortlos die zwei Tickets hin. Der Mann führte sie dann die große, mit rotem Teppich gepolsterte Treppe hinauf und öffnete ihnen dann eine von vielen mit goldener Farbe verzierten Türen.

Monika bedankte sich und gab ihm einen Zwanzig-Euro-Schein als Trinkgeld.

Dann ging sie mit Frank durch die Tür und sie befanden sich in einem kleinen Logenraum. Die beiden waren hier ganz allein und saßen auf einer Art Balkon, der einen hervorragenden Blick auf die Bühne bot.
Frank begann sich zu fragen, wie teuer die beiden Tickets wohl gewesen sein mögen, aber er traute sich auch nicht, Monika eine solche Frage zu stellen.

Sie warteten, bis die Vorstellung begann. Eine etwas mollige Frau stand auf der Bühne und sang mit einer sehr hohen und für Franks Ohren eigentlich viel zu schrillen Stimme Texte in einer Fremdsprache, die er nicht verstand. Er vermutete, dass es Italienisch war.

Aber auch Monika interessierte sich nicht für den Gesang auf der Bühne. Sie rutschte sehr nah an Frank heran und begann dann wortlos und ohne jede Ankündigung, mit ihrer Hand in seinen Schritt zu fassen.

Frank war erschrocken und völlig überfordert. Damit hatte er nicht gerechnet. Aber da er Angst um seinen neuen Arbeitsplatz hatte und sich eigentlich auch nichts Schöneres vorstellen konnte, als von einer so hübschen Frau verwöhnt zu werden, ließ er sie einfach weiter machen.

Und das tat sie auch. Sie öffnete den Reißverschluss seiner Hose, griff in seinen Slip und angelte bestimmt und geschickt sein schon leicht angeschwollenes Glied aus der Hose.

Dann begann sie langsam, Franks Vorhaut vor und zurück zu schieben, bis der Penis immer größer und härter wurde.

Dann rutschte Monika von ihrem Sitzplatz und kniete sich vor Frank auf den Boden. Sie griff unter seinem Glied noch einmal durch den geöffneten Reißverschluss und zog vorsichtig auch den Hodensack aus der Hose. Danach begann sie, zärtlich mit der Zungenspitze über die Hoden zu streicheln. Sie erforschte nun mit ihrer Zunge jede einzelne Hautfalte des Hodenbeutels.

Frank genoss Monikas Leckaktivitäten und ließ sie einfach weitermachen. Er spreizte die Oberschenkel noch etwas weiter, damit die gierige Frau seinen Intimbereich besser erreichen konnte.

Monika ließ nun von seinen Hoden ab. Sie schob noch einmal seine Vorhaut ganz zurück und legte so seine Eichel frei. Auf der Spitze befand sich bereits ein kleiner Tropfen Flüssigkeit, da Frank durch die bisherige Behandlung bereits stark erregt war.

Monika blickte ihm kurz ins Gesicht und lächelte zufrieden. Dann drückte sie einen schlürfenden Kuss auf seine Eichel und der Tropfen war verschwunden.

Sie spuckte auf das harte Glied und verrieb mit beiden Händen ihren Speichel, bis der ganze Penis nass glänzte. Der Anblick von Monikas geschickten Händen mit den rot lackierten Fingernägeln brachte den jungen Mann fast um den Verstand.

Die reife Frau öffnete nun ihre rot geschminkten Lippen und schob langsam und genüsslich das komplette Glied in ihren Mund. Da Franks Penis recht groß war, wunderte er sich sehr darüber, dass

sie wirklich das komplette Organ bis zu seinen Leisten in ihrem Kopf verschwinden ließ. Seine Eichel musste sich bis tief in ihren Rachen bohren.
Monika lutschte und saugte gierig, aber zärtlich. Sie gab den Penis immer ein paar Zentimeter frei und schob ihn dann wieder komplett in ihren Mund.

Frank schaute ihr begeistert dabei zu.

Den Anblick dieser erotischen Frau, die ihn gerade oral so intensiv verwöhnte, würde er wohl nie wieder vergessen. Auch wurde er geradezu magisch von ihrem tiefen Ausschnitt angezogen. Er konnte nun nicht mehr anders als zuzugreifen. Er schob langsam beide Hände von oben in Monikas Kleid und stelle fest, dass sie darunter gar keinen BH trug. Er konnte ohne kompliziertes Gefummel direkt in ihre großen weichen Brüste greifen und begann sofort, diese mit beiden Händen zu massieren.

Frank spürte, wie ihre Brustwarzen immer härter wurden und verspürt nun den unbändigen Drang, den kompletten Busen zu sehen. Kurz entschlossen riss er daher das Kleid nach unten und hoffte, dabei keinen Schaden am Stoff zu verursachen. Es funktionierte. Die großen, aber trotzdem noch recht festen Brüste der Opernliebhaberin lagen nun komplett frei und es war auch kein Geräusch von zerreißendem Stoff zu hören gewesen. Der junge Mann griff nun hemmungslos zu und knetete beide Brüste mit seinen Händen durch.

Nach kurzer Zeit ließ Monika dann den großen nassen Penis wieder aus ihrem Mund herausrutschen. Sie stand auf und hob ihr Kleid bis zur Hüfte an. Frank sah, dass sich darunter überhaupt kein

Höschen befand. Die Vagina war bis auf einen schmalen roten Streifen feiner gelockter Schamhaare sorgfältig rasiert. Die Schamlippen glänzten vor Nässe. In Frank kam sofort der Wunsch auf, seine Zunge in diese nasse Höhle eintauchen zu lassen, aber er kam nicht dazu.

Ohne weitere Zeit zu verschwenden setzte sich Monika nun einfach so schwungvoll auf seinen steifen Penis, dass dieser sofort zwischen ihre nassen Schamlippen flutschte und tief in der Vagina verschwand. Das Gefühl war unheimlich warm und nass und Frank genoss es sehr. Anschließend drückte die reife Frau dem jungen Mann ihre nackten Brüste ins Gesicht und begann, auf seinem Schoß zu reiten. Zunächst bewegte sie sich langsam und zärtlich, wurde aber schon nach kurzer Zeit immer schneller und gieriger.

Frank lutschte abwechselnd an beiden Brustwarzen und unterstützte Monika im Takt ihrer Reitbewegungen durch kräftige Stöße mit seiner Hüfte.

Nach einer Weile konnte Frank sich nicht mehr zurück halten. Sein ganzer Körper begann zu zucken. Aus seiner Eichel spritzte eine große Menge Sperma in Monikas Lusthöhle.
Monika blieb noch eine längere Zeit auf dem langsam wieder weicher werdenden Glied sitzen. Frank knetete und küsste dabei ausführlich ihre Brüste.

Dann stand sie auf. Der Samen quoll zwischen ihren Schamlippen hervor und begann, an ihren Oberschenkeln herunter zu fließen.
Monika angelte sich ein paar Papiertaschentücher aus ihrer Handtasche, reinigte damit oberflächlich ihre Vagina und zog danach ihr Abendkleid

wieder zu recht. Auch ihre Brüste verpackte sie wieder sorgfältig. Danach schaute sie Frank zufrieden an, der immer noch mit heraushängendem, spermaverschmiertem Penis auf seinem Stuhl saß. Sie kniete sich noch einmal vor ihm hin und leckte ihm das Glied und die Hoden ausführlich sauber. Mit einem weiteren Papiertaschentuch tupfte sie sich anschließend die Spermareste von ihren Mundwinkeln.

Die Beiden verließen das Opernhaus, bevor die Vorstellung zu Ende war. Als sie wieder im Auto saßen, sagte Monika freundlich zu Frank „Auf dem Weg liegt gleich ein kleines Waldstück. Halte da bitte mal an. Dann können wir in Ruhe weitermachen mit den Sauereien."

„Ich bin doch noch völlig fertig. Etwas Pause könnte ich schon gebrauchen, auch wenn es unheimlich geil war...."

Jetzt bekam Monika langsam wieder etwas schlechtere Laune.

„Glaubst du denn wirklich, ich gebe mich damit zufrieden, an so einem Abend nur einmal gevögelt zu werden?
Was glaubst du eigentlich, warum ich den letzten Gärtner rausgeschmissen habe, diesen jämmerlichen Schlappschwanz….

Jetzt fahr da in den Wald und fick' mich noch mal richtig durch. Wenn du nicht mal das hinkriegst, kann ich dich nicht gebrauchen. Rasen mähen kann auch irgend so ein seniler Opa….“

Das war eine deutliche Ansage. Frank steuerte den Wagen also auf einen Waldparkplatz, schaltete die Zündung aus und begann, die Rückenlehnen der Sitze herunterzuklappen.

5.

Es klingelte.

Holger schaute müde auf den Radiowecker auf dem Nachttisch. Es war schon fast halb elf.
Meistens stand er morgens zumindest kurz gemeinsam mit Lisa auf, um mit ihr gemeinsam einen Kaffee zu trinken, bevor sie dann zur Arbeit ging.
Heute hatte er das aber schon wieder verschlafen. Das kam in letzter Zeit leider öfters vor. Lisa war schon weg.

Holger begann, unter dem auf dem Laminat-Boden liegenden Stapel

Kleidungsstücke vom Vortag seinen Bademantel zu suchen.

Es klingelte schon wieder.

Holger war genervt. Er ging davon aus, dass es der Briefträger war, um irgendeine per Einschreiben verschickte Mahnung persönlich abzugeben. Üblicherweise warf der Briefträger aber nach spätestens zwei erfolglosen Klingelversuchen eine Abholkarte durch den Briefschlitz der Haustür und störte dann nicht weiter.

Als Holger endlich seinen Bademantel gefunden und angezogen hatte, klingelte es mindestens zum dritten Mal. Müde trottete er zur Tür, um irgendwelche unerfreuliche Post entgegenzunehmen.

Er öffnete die Tür und war überrascht. Dort stand Anja, Lisas Arbeitskollegin.

Anja schubste ihn einfach zur Seite und kam schwankend herein. Sie sah etwas übernächtigt aus. Ihre Kleidung war knitterig und in ihrer Hand befand sich eine Flasche mit irgendeinem branntweinhaltigen Getränk.

„Ich muss zu Lisa. Hol' sie schnell her", sagte sie bestimmt.

„Lisa ist schon auf der Arbeit. Solltest du um diese Uhrzeit nicht auch schon längst in der Kantine sein?" fragte Holger neugierig.

„Oh, ist es schon so spät. Kacke, dann muss ich mich wohl krank melden. Heute trinke ich aber nichts mehr."

Anja stellte die Schnapsflasche auf den Couch-Tisch und schwankte dann wieder zur Haustür raus.

Holger schloss die Tür. Dann setzte er sich aufs Sofa und fischte sich vom Couch-Tisch eine Zigarette aus der Schachtel.

Als er sich das Feuerzeug griff und den Glimmstengel anzündete, fiel sein Blick auf die Flasche, die Anja gerade stehen gelassen hatte.

Es war ein teurer und hochprozentiger Aquavit. Die Flasche war noch etwa halbvoll. Holger griff danach, schraubte den Deckel ab und roch daran. Es duftete intensiv nach Kümmel und Alkohol. Er hätte nie gedacht, dass Anja so etwas trinken würde, obwohl er selbst diesen Schnaps wirklich liebte. Nur kaufte er ihn nie, weil der Preis ihn abschreckte.

In diesem Moment war Holger die Uhrzeit egal. Er setzte die Flasche an, nahm einen kräftigen Schluck und ließ das edle Getränk genüsslich die Kehle hinunter gleiten.

Er lag auf dem Sofa. Er war unheimlich müde und sein Schädel brummte.
Vielleicht hätte er besser doch nicht den kompletten Rest aus der Aquavit-Flasche getrunken.

Doch dann verspürte Holger zwischen seinen Beinen ein sehr angenehmes Gefühl.
Eine geschickte, nasse Zunge verwöhnte offenbar seine Eichel.
Gleichzeitig wurden seine Hoden von zärtlichen Fingern gekrault.
Dann rutschten zwei gierige Lippen langsam an seinem Glied herunter bis zu seinen Leisten.
Holgers Penis wurde zunächst und vorsichtig, aber dann immer fester und fordernder gesaugt.
Der noch sehr angeschlagene Mann genoss es einfach. Er wunderte sich zwar, dass Lisa im Augenblick so gierig war, wollte

diesen wunderbaren Moment aber nicht mit einem Gespräch versauen.
Dann öffnete Holger langsam die Augen. Inzwischen war er stark erregt und wollte sehen, wie sein Sperma in Lisas wunderschönes Gesicht spritzte.

Als sich seine Augen endlich an das Tageslicht gewöhnt hatten, konnte er sich nicht mehr zurück halten. In großen, schnellen Schüben verließ der Samen Holgers Penis.

Aber was Holger nun sah, hatte er überhaupt nicht erwartet. Zwischen seinen Beinen befand sich statt des Kopfes seiner blonden Frau der rothaarige Lockenkopf von Anja.
Sie saugte das Sperma bis auf den letzten Tropfen aus seiner Eichel. Danach stand sie einfach auf, nahm eine Kaffeetasse vom Couchtisch und ließ den Samen von ihren nassen roten Lippen da hineinlaufen.

Holger war zunächst völlig sprachlos. Er saß fast nackt auf dem Sofa und hatte seine Frau betrogen, ohne es bemerkt zu haben. Dann fasste er sich und versuchte, die Situation zu verstehen.

„Bist du bekloppt? Du bläst mir einfach einen? Ich bin der Mann deiner besten Freundin..."

Anja sagte nichts. Sie ging einfach mit der Tasse in der Hand aus dem Wohnzimmer in die Küche.

Holger stand auf und wollte ihr folgen. Er kam aber nicht weit. Schon nach etwa einem Meter wurde sein rechter Fuß schlagartig gestoppt.
Holger schaute nach untern und stellte fest, dass sich an seinem Fußgelenk eine Stahlschelle mit einem Schloss befand.

Von dort aus führte eine inzwischen stramm gezogene Stahlkette in den Flur.

„Bist du irre? Was soll die Scheiße?" Er war total verwirrt.

Anja kam wieder ins Wohnzimmer. Sie setzte sich ganz ruhig in den Sessel, der auf der anderen Seite des Couch-Tisches stand.

„Setz' dich einfach mal hin und halt' dir Fresse. Dann erkläre ich es dir."

Holger wirkte völlig hilflos. Er setzte sich wieder aufs Sofa und schaute Anja an.

„Na also", sagte sie. „ist dir eigentlich klar, wie scheiße du Lisa schon seit Monaten behandelst. Sie heult mir jeden Tag was vor, dass du dich einfach nur hängen lässt. Du suchst dir keinen Job. Sie muss die ganze Zeit alleine ackern, damit ihr die

Raten für eurer verkacktes, spießiges Reihenhaus zahlen könnt. Putzen und kochen machst du auch nicht, du faules Schwein. Aber der Hammer ist, dass du sie nicht mal vernünftig vögelst, wenn sie es mal braucht..."

„Na toll, und so was erzählt sie dir dann?"

„Klar, sonst hat sie ja keinen, der ihr zuhört.
Ich hab' ihr versprochen, dass ich das jetzt mal ändern werde."

Holger war erstaunt. „Du willst mir putzen und kochen beibringen und Bewerbungen für mich schreiben?"

„Nee, aber ich kümmer' mich darum, dass du sie wieder richtig durchfickst.
Wir haben für ein paar Tage unser Leben getauscht.

Lisa wohnt bei mir und lässt sich von jedem Penner durchknallen, den sie sich krallen kann und ich bleib' hier bei dir und bring deinen Schwanz auf Vordermann. Sie hat übrigens Recht. Er ist wirklich schön groß. Aber du musst ihn auch richtig benutzen."

Holger konnte noch nicht ganz glauben, was er gerade hörte. Sein Blick fiel auf die lehre Schnapsflasche auf dem Tisch.

„Du Fotze. Was hast du in die Flasche getan?"

„Zwei Packungen Schlaftabletten. Ich konnte ja nicht damit rechnen, dass du so ein versoffener Penner bist du schon morgens eine halbe Pulle Schnaps leertrinkst."

„Bist du bekloppt? Schnaps mit Schlaftabletten? Ich hätte daran verrecken können!"

„Jetzt stell dich nicht an wie ein Baby. Du lebst doch noch.
Also es läuft jetzt so ab. Wir verbringen hier ein paar Tage und machen so lange schöne Sauereien, bis du es wieder drauf hast. Ich bin hier aber nicht die Haushaltstante. Putzen und Kochen gibt es nicht. Essen gibt es vom Pizza-Taxi. Ich bin nur fürs Ficken zuständig.
Deine Kette hängt am Treppengeländer und reicht vom Sofa bis zum Klo. Den Schlüssel habe ich nicht bei mir. Also vergiss es einfach..."

Holger konnte immer weniger glauben, was er da hörte. „Du hast echt ein Rad ab. Das hier ist ein Reihenhaus. Links und rechts wohnen direkt die Nachbarn. Ich muss nur laut schreien und die rufen sofort die Bullen…"

Anja konnte er damit nicht erschrecken.
„Ich weiß ja nicht, ob es das gerade mitbekommen hast, aber ich habe dir eben einen geblasen und deinen Schnodder in einer Tasse abgefüllt. Die steht jetzt im Kühlschrank.
Wenn du also jetzt so ein Theater veranstaltest, kippe ich mir dein Sperma auf die Muschi, lege mich auch an die Kette und sage der Polizei, dass du perverse Sau mich für Sexspiele angekettet und vergewaltigt hast…
Rate mal, wer dann die nächsten Tage im Knast verbringt.
Aber da kriegst du bestimmt auch geilen Sex, mit deinen Mitbewohnern oder den Wärtern oder so….."

Langsam merkte Holger, dass er in einer wirklich ausweglosen Lage war. „Wo hast du diesen Fesselkram überhaupt her?"

„Die Kette und die Vorhängeschlösser gibt es in jedem Baumarkt, aber für die Fußschelle war ich extra im Sexshop.

Jetzt entspann' dich etwas. Du wirst die Zeit schon noch genießen..."

6.

Vor ihr lag ein riesiger Berg aus Fleischstücken.

Lisa tunkte die Stücke einzeln zunächst in Eigelb, dann in Mehl und schließlich in Semmelbrösel.

Normalerweise hasste sie es, wenn Jägerschnitzel auf der Speisekarte standen. Es machte ihr schon keinen Spaß, diese Unmengen von Schnitzeln zu panieren. Aber noch viel schlimmer war es, nachmittags die Sauerei in der Küche wieder zu beseitigen.

Heute machte ihr das Panieren aber überhaupt nichts aus. Sie war einfach nur aufgeregt und gespannt, wie sich dieser Tag noch entwickeln würde.

Lisa war heute Morgen schon sehr früh aufgestanden. Sie hatte schnell ein paar Klamotten in eine Tasche gepackt und war so leise aus dem Haus geschlichen, dass Holger nicht aufgewacht war.

Dann war sie zu Anja gefahren, wo diese ihr den Wohnungsschlüssel überreicht hatte. Lisa hatte Anja dafür den Schlüssel für ihr kleines Reihenhaus gegeben.

Danach war sie weiter zur Mensa gefahren, wo sie nun vor ihren Schnitzeln stand.

Lisa wusste nicht genau, was Anja mit Holger vorhatte, aber sie hatte ihr die Erlaubnis gegeben, alles zu tun, was nötig war, um aus Holger wieder einen besseren Liebhaber zu machen. Wenn es bei diesem „Lehrgang" zu ein paar Sauereien kommen sollte, würde Lisa das in Kauf nehmen. Außerdem war Anja schon die ganze Zeit sehr daran interessiert, Holgers riesigen

Penis auszuprobieren, von dem Lisa so oft berichtet hatte.

Anja hatte sich daher den Rest der Woche krank gemeldet.
Lisa hatte Anja aber auch versprochen, sich in der Zwischenzeit selbst sexuell etwas auszutoben. Beide Frauen hatten sich vorgenommen, diese Woche noch eine Menge Spaß zu haben.

Nun war Lisa endlich mit dem Panieren der Schnitzel fertig. Sie schaute sich in der Küche um. Gerd war noch nicht da. Er würde wohl auch erst in einer Stunde dazu kommen. Marcel füllte gerade die fertig gekochte Pilzsauce um. Sonst war niemand zu sehen.
Lisa schaute Marcel wortlos zu, bis er fertig war. Dann ging sie mutig zu ihm hin und sprach ihn an.

„Ich weiß ja nicht, ob du eine Freundin hast. Aber es ist mir eigentlich auch egal. Ich wollte dich fragen, ob ich mal deinen Schwanz sehen darf. Ich bin gerade unheimlich geil…"

Marcel schaute sie erschrocken an. Mit so einer Anfrage hatte er überhaupt nicht gerechnet.

„Aber wir kennen uns doch erst seit gestern…" stammelte er verlegen.

„Also gefalle ich dir nicht?"

Marcel musterte sie von oben bis unten.

„Du siehst hammermäßig aus…"

Dann schaute er sich um. Als er niemanden erblickte, öffnete er hastig den Reißverschluss seiner Jeans-Hose.

Der Servierwagen war aus Edelstahl und glücklicherweise sehr stabil. Anja lag mit dem Rücken darauf. Ihre Bluse war geöffnet und die großen Brüste lagen frei. Ihr Rock war hochgeschoben und das Höschen hatte er ihr ausgezogen. Die Unterschenkel lagen auf Marcels Schultern, während er zustieß.

Immer wieder schob er sein hartes Glied tief in ihre Vagina. Bei den regelmäßigen Stößen rollte der Servierwagen im Takt jeweils ein paar Zentimeter vor und zurück. Marcel war, von der geöffneten Hose abgesehen, noch komplett bekleidet. Lisas große Busen bewegten sich ebenfalls bei jedem Stoß mit. Sie stöhnte vor Erregung.

Marcel hatte einen hochroten Kopf und vergaß alles um sich herum.

Diese glattrasierte, nasse und warme Vagina und der hüpfende Busen dieser schönen, reifen Frau brachten ihn fast um den Verstand. Es war das Schönste, was er je erlebt hatte.

Beide waren so beschäftigt, dass sie nicht bemerkten, wie Gerd mit einer großen Kunststoffkiste voller Lebensmittel die Küche betrat
Er schaute ihnen kurz bei ihren Aktivitäten zu. Dann ging er zur Arbeitsplatte und ließ die Kiste aus fünf Zentimetern Höhe auf die Platte krachen.

Lisa und Marcel zuckten erschrocken, als sie den Knall hörten. Dann schauten beide etwas hilflos zu Gerd.

Gerd war ganz ruhig. „Macht ruhig weiter. Ich seh' euch gern dabei zu."

Lisa wollte jetzt aber mehr.

„Komm doch zu mir und gib mir deinen Schwanz auch noch", sagte sie fordernd zu Gerd.

Das ließ er sich nicht zweimal sagen. Er stellte sich von oben vor den Kopf der immer noch auf dem Rücken liegenden Lisa, öffnete seine Hose und zog seinen schon vor Erregung etwas angeschwollenen, aber noch nicht richtig harten Penis heraus. Lisa öffnete ihren Mund weit und Gerd hängte sein Glied einfach hinein.

Als Lisa begann, schmatzend und schlürfend an dem Penis zu saugen, erregte dieser Anblick Marcel so sehr, dass er nicht anders konnte, als wieder zuzustoßen. Er musste Lisas Hüfte mit beiden Händen festhalten, damit der Servierwagen dabei nicht von den Stößen durch die ganze Küche geschoben wurde. Gerds Penis war inzwischen auch hart geworden. Auch er fing an, in Lisas Mundhöhle wild herumzustoßen. Seine Hoden drückten sich dabei so sehr gegen

die Nasenlöcher der hemmungslosen Frau,
dass sie gar nicht mehr atmen konnte,
denn Gerds Penis versperrte ebenfalls den
Atemweg.
Geschickt drückte Lisa ihre Zunge vor
Gerds Eichel, bis er sein nassgelutschtes
Glied ganz aus ihrem Mund zog. Jetzt
konnte sie wieder Luft holen. Um Gerd
jedoch weiterhin zu befriedigen, begann
sie, seine Hoden mit ihrer Zunge zu
verwöhnen. Sie leckte über den ganz
Hodensack und begann dann zärtlich, ihn
zwischen ihre gierigen Lippen zu saugen
und zu lutschen.

Gerd ließ sie einfach gewähren und genoss
die Situation.

Marcel konnte sich nicht mehr
zurückhalten. Seine Stöße wurden immer
schneller und fester, bis er seinen Penis
zwischen Lisas tropfnassen Schamlippen
hervorzog und losspritzte. Sein Sperma

schoss wie ein Springbrunnen aus der Eichel heraus und landete in großen Pfützen auf Lisas Oberschenkeln, Schamlippen und Klitoris. Aber auch der hochgeschobene Rock und die Brüste blieben nicht verschont. Auch dort landeten Tropfen des weißen Schleims.

Kurz darauf war auch Gerd soweit. Während Lisa nicht aufhörte, seinen kompletten Hodensack zärtlich, aber fordernd mit Zunge und Mund zu bearbeiten, wichste er gleichzeitig sein großes Glied bis zum Höhepunkt. Als er soweit war, trat er einen Schritt zurück, um besser zielen zu können. Dann spritzte er seine gesamte Ladung einfach in Lisas Gesicht.

Beide Männer ließen dann von Lisa ab und betrachteten ihr Werk.

Lisa lag absolut befriedigt auf dem Servierwagen. Inzwischen war nicht nur ihr ganzer Körper sondern auch das komplette Gesicht, der Haaransatz und die Nickelbrille mir Samen besprenkelt. Sie nahm die Brille ab und begann, die Spermaklekse genussvoll herunter zu lecken.

7.

Holger saß schlechtgelaunt auf seinem
Sofa. Ihm blieb nichts anderes übrig.
Ansonsten hätte er noch auf der Toilette
oder auf dem Fußboden sitzen können.
Länger war die Kette leider nicht.
Inzwischen trug er einen Jogginganzug,
den Anja ihm gereicht hatte.

Die Getränkeauswahl, die sich auf seinem
Couch-Tisch befand, bestand aus einer
Tasse Kaffee, der inzwischen fast kalt
geworden war, und einer Flasche
Mineralwasser.
Außerdem lagen auf dem Tisch noch eine
Schachtel Zigaretten, ein Feuerzeug, ein
Aschenbecher und zwei leere Pizza-
Kartons.

Anja kam aus dem Schlafzimmer. Sie trug nur ein weißes, recht durchsichtiges T-Shirt und einen schwarzen Slip.

Holger musterte sie von oben bis unten. Obwohl er sie für die Situation, in die sie in gebracht hatte, hasste, musste er zugeben, dass er sie unglaublich anziehend fand. Das wunderschöne Gesicht mit den leuchtenden grünen Augen und die langen, gelockten feuerroten Haare wirkten auf ihn wie ein Magnet. Auch die Figur gefiel ihm unglaublich gut. Sie war noch etwas kurviger als seine Lisa. Obwohl sie offenbar versuchte, möglichst cool und gelangweilt zu wirken, waren ihre Brustwarzen doch so hart, dass Holger es durch das T-Shirt eindeutig erkennen konnte.

„OK, dann wollen wir mal sehen, wie gut du mit deiner Zunge umgehen kannst" meinte

sie trocken, zog ihr Höschen etwas
herunter und ließ es dann einfach zu
Boden fallen.

Da das T-Shirt recht kurz war, konnte
Holger direkt auf ihre blankrasierte
Vagina sehen. Sie setzte sich zu Holger
aufs Sofa und forderte ihn wortlos dazu
auf, aktiv zu werden, indem sie ihre Beine
spreizte und er tief zwischen ihre
Schamlippen schauen konnte.
Holger wollte jetzt nicht weiter darüber
nachdenken, ob sein Verhalten für
Ehemann irgendwie unmoralisch war. Wenn
Anja diese „Fortbildungsmaßnahme" mit
Lisa wirklich abgesprochen hatte und Lisa
sich wirklich mit anderen Kerlen
vergnügte, gab es für Holger überhaupt
keinen Grund mehr, sich zurückzuhalten.
Er kniete sich wortlos zwischen Anjas
Beine, drückte ihre Oberschenkel mit
beiden Händen noch weiter auseinander
und begann vorsichtig, seine Zungenspitze

zwischen ihren Schamlippen zu versenken.
Er schob sie so tief er konnte, in Anja
hinein, musste aber sofort Kritik
einstecken.

„Hör auf, du Idiot. Ich bin doch noch gar
nicht richtig geil.
Spiel erst mal mit meinem Kitzler rum."

Innerlich musste Holger sogar zugeben,
dass Anja Recht hatte. Ihre Schamlippen
waren noch gar nicht richtig nass.
Ohne zu antworten, ließ er daher seine
Zunge zu ihrer Klitoris wandern. Dort
begann er, diese mit kreisförmigen
Bewegungen der Zungenspitze zu
stimulieren.

Anja begann nach kurzer Zeit, leicht zu
stöhnen.

„Ja, so ist es geil. Hör bloß nicht auf."

Holger leckte weiter und merkte, wie Anja immer feuchter im Schritt wurde. Dann nahm er seine Finger zur Hilfe. Er schleckte vorsichtig weiter über ihre Klitoris und schob Anja langsam seinen Mittelfinger zwischen die Schamlippen. Als sie darauf mit einem erregten Zucken reagierte, steckte er noch seinen Zeigefinger dazu und begann, mit beiden Fingern zuzustoßen.

Nach kurzer Zeit wurde Anjas Stöhnen immer lauter.
„Fick mich endlich durch", rief sie mit einem Befehlston, der keinen Widerspruch duldete.
Holger gehorchte natürlich sofort. Er konnte sich in diesem Moment nicht Schöneres vorstellen, als dieser tollen Frau, in deren klitschnasser Vagina er gerade seine Finger hatte, den Rest zu geben.

Er zog seine glitschigen Finger heraus und rammte seine pulsierende Eichel zwischen Anjas vor Nässe glänzende Schenkel. Sie schrie laut auf.

Holger konnte sich jetzt nicht mehr beherrschen. Er stieß immer und immer wieder zu bis der Samen mit hohem Druck aus seinem Penis schoss.

Anja wurde ganz ruhig. Sie schaute ihn zufrieden an und sagte „gar nicht so schlecht für den Anfang."

Holger zog sein Glied heraus und sah geduldig zu, wie sein Sperma langsam zwischen ihren Schamlippen herausfloss und auf das Sofa tropfte.

8.

Es war 06:54 Uhr.

Ich stand gemeinsam mit Kurt, Dietmar und Anton vor dem riesigen Tor. Anton betätigte den Klingelknopf. Nach kurzer Zeit konnten wir durch die Lautsprecherschlitze eine etwas blecherene, weibliche Stimme hören:

„Wer ist da?"

Meine Kollegen schauten mich an. Es schien wohl meine Aufgabe zu sein, mich mit dieser Sprechanlage zu unterhalten:

„Guten Morgen. Wir sind die Vertretung aus Schwerte. Wir sollen diese Woche hier Dienst machen."

Dann verstummte die Sprechanlage. Einige Sekunden später setzte unter lautem Brummen ein großer Elektromotor ein und das etwa vier Meter hohe, schwere Schiebetor rollte zur Seite.

Wir betraten den Hof der Justizvollzugsanstalt. Der komplette Boden der Fläche war mit Beton überzogen. Es gab ein paar große Pflanzkübel, aus denen jeweils ein kleiner Baum herausragte. Die Erde, aus denen die Pflanzen herausschauten, war mit Zigarettenkippen bedeckt. Rechts hinter dem Tor befand sich ein kleines Pförtnerhäuschen mit großer Panzerglasfront. Wir trabten dorthin und ich klopfte an die Scheibe. Hinter der Scheibe hatte eine Kollegin bereits gewartet. Sie lächelte mich an und sah mit ihrer Uniform und den zusammengebundenen roten Haaren unheimlich süß aus.

Sie deutete auf die Tür ihres Häuschens und betätigte einen Knopf. Der Summton verriet mir, dass ich die Tür nun öffnen konnte. Das tat ich auch und konnte die junge Frau nun aus der Nähe sehen. Sie hatte eine tolle Figur und ihre grünen Augen strahlten mich an:

„Hallo Jungs. Schön, dass ihr da seid. Wir haben schon auf euch gewartet. Bei uns sind im Augenblick fünf Mädels krankgemeldet. Wir haben inzwischen so viele Überstunden zusammen, dass wir die bis zum Herbst nicht abgefeiert kriegen. Ich bin übrigens Katja."

„Ich heiße Thomas. Und wie geht es jetzt hier weiter?"

„Am Besten geht ihr erst mal zur Wiegand, unserer Chefin. Die wird euch schon dahin verteilen, wo ihr gebraucht werdet.
Einfach durchs Tor und dann nach links."

Ich verabschiedete mich und ging zusammen mit den anderen Jungs den beschriebenen Weg entlang.

Dann klopfte ich an die Tür der Anstaltsleiterin Monika Wiegand.

„Herein" hörte ich ein freundliches Rufen von innen. Ich öffnete die Tür und wir betraten den Raum. Hinter dem Schreibtisch saß eine lächelnde Dame.

Ich stellte mich vor:
„Guten Tag. Mein Name ist Thomas Fernholz. Wir Vier sollen Sie diese Woche unterstützen."

„Das ist schön, dass Sie endlich hier sind. Ich denke, wir sollten keine Zeit verlieren. Wie ich sehe, tragen Sie ja schon alle Ihre Uniform. Dann können wir den Rundgang mit Vorführung der Umkleidekabinen ja etwas nach hinten verschieben.

Herr Fernholz, ich schlage vor, dass Ihre drei Kollegen sich noch mal bei Frau Schminder melden. Das ist die Dame beim Eingang. Sie wird ihnen ihre Aufgaben zuteilen. Und Sie bleiben noch kurz hier. Ich erkläre Ihnen dann den Ablauf etwas genauer. Sie können Ihre Informationen dann später untereinander austauschen und wir sparen alle viel Zeit.“

Auf diese Anweisung hin verabschiedeten sich Kurt, Dietmar und Anton und ich stand allein vor Frau Wiegands Schreibtisch.

Sie stand auf, ging zur Tür und schloss ab. Dann musterte sie mich von oben bis unten genauestens:

„Wissen Sie, Herr Fernholz. Wir haben hier nur selten männliche Kollegen im Haus. Die Situation ist für uns alle etwas ungewohnt. Aber vielleicht tut uns ja etwas Abwechslung mal ganz gut…"

Daraufhin stellte sie sich vor mich und ließ ihre Hand über meine Brust gleiten. Langsam wurde mir klar, dass hier wohl etwas mehr als ein harmloses Gespräch stattfinden sollte.
Ich musterte sie ebenfalls von oben bis unten und kam zu dem Schluss, dass eine wunderschöne, reife Frau vor mir stand. Sie war etwa 40 Jahre alt und hatte eine tolle, sportliche Figur mit rundem Becken und großer Oberweite. Ihr schwarzer, knielanger Rock und die weiße Bluse wirkten im Zusammenspiel mit den zum

Knoten gebundenen, brünetten Haaren und der Brille etwas streng und unnahbar, aber sie hatte eine unglaublich erotische Ausstrahlung auf mich.

Ich genoss das Gefühl, wie sie ihre gepflegten Hände, deren lackierte Fingernägel mich magisch anzogen, über meine Brust gleiten ließ. Nach kurzer Zeit wanderten diese gefühlvollen Hände immer tiefer und hatten in rekordverdächtiger Geschwindigkeit meine Gürtelschnalle geöffnet. Kurze zeit später hatte sie meinen schon etwas angeschwollenen Penis und meine Hoden aus meiner Unterhose gezogen und die lästige Beinkleidung nach unten gestreift, bis sie auf meinen Füßen lag.
Dann kniete sie sich vor mich und noch bevor ich irgendwie reagieren konnte, befand sich mein kompletter Penis in ihrem Mund.

Ich muss aber zugeben, dass ich sie daran auch auf keinen Fall gehindert hätte, wenn ich die Möglichkeit dazu gehabt hätte. Dafür gefiel mir diese Frau einfach zu gut. Gierig saugte und lutschte sie an meinem Glied. Gleichzeitig kraulte sie zärtlich meine Hoden.

Langsam begann ich, zuzustoßen. Da sie sich dagegen nicht zur Wehr setzte, rammte ich ihr mein hartes Rohr immer wieder und immer schneller tief in den Hals hinein.

Sie würgte etwas, griff aber mit einer Hand hinter mein Becken, um mich zu ermutigen, weiter zu machen. Also tat ich das auch. Ich spürte, wie meine Eichel ganz hinten in ihrem Rachen anstieß. Es machte mich unglaublich geil, das Gesicht dieser attraktiven, reifen Frau zu sehen, zwischen deren sinnlichen Lippen mein steifer Schwanz immer wieder verschwand.

Nach zahllosen Stößen merkte ich, dass meine Hoden immer praller wurden. Ich würde einen Samenerguss nicht mehr lange hinauszögern können, aber ich wollte dieses Sexabenteuern nicht beenden, ohne meinen harten Penis in ihre Vagina zu schieben.

Also zog ich ihn einfach aus dem Mund dieses gierig saugenden weiblichen Wesens. Ich fasste an ihre Schultern und zog sie nach vorn.

So hatte Monika keine andere Möglichkeit, als sich mit den Händen auf dem PVC-Boden ihres Büros abzustützen, um nicht auf ihr Gesicht zu fallen.

Dann kniete ich mich hinter sie. Ich schob hastig ihren Rock hoch und sah vor mir ein wunderschönes, knackig rundes Hinterteil. Schnell zog ich noch den kleinen, schwarzen Slip bis zu ihren Knien runter. Nun befand sich direkt vor mir ein kleines, zuckendes Poloch und direkt darunter ihre nass glänzenden Schamlippen.

Ich konnte nicht widerstehen. Ich leckte meinen Zeigefinger nass und bewegte ihn zärtlich kreisend um ihre Rosette.

Dann ließ ich ihn tiefer gleiten und tastete vorsichtig ihre Schamlippen ab. Sie waren wundervoll nass und warm.

Die nächste Station war ihre Klitoris. Vorsichtig umspielte ich sie.

Monikas ganzer Unterleib begann zu zucken. Sie stöhnte vor Erregung.

„Los, fick mich endlich!" schrie sie laut heraus.

Den Wunsch wollte ich ihr gern erfüllen. Ich schob meine harte Eichel zwischen ihre Schamlippen und versenkte meinen dicken Schwanz komplett in ihrer Vagina. Dieses enge, warme und nasse Gefühl um mein Rohr war unbeschreiblich schön.

Ich zog mein Glied ein paar Zentimeter zurück und stieß sofort erneut zu. Diese Bewegung wiederholte ich nun in einem immer schneller werdenden Takt. Die Anstaltsleiterin quietschte regelrecht vor Begeisterung.

Ich war kurz vor dem Abspritzen, wollte aber mehr von ihrem Körper sehen und fühlen. Daher griff ich mit beiden Händen um ihren Rücken, tastete nach der Knopfleiste ihrer Bluse und riss sie einfach auf. Zwei oder drei Knöpfe rissen ab, die restlichen sprangen auf. Als Nächstes krallte ich mir mit den Fingern die Unterkante ihres Büstenhalters und zog ihn hoch. Sofort fühlte ich, wie zwei große, weiche Brüste nach untern fielen und dann im Takt meiner Stoßbewegung zu tanzen begannen.
Ich griff einfach zu und schnappte mir mit jeder Hand eine Brust. Sie fühlten

sich toll an. Warm und weich waren sie. Beim Abtasten spürte ich, dass ihre Nippel vor Geilheit total hart waren. Diese Frau war so wundervoll, dass ich auch ihr ein unvergessliches Erlebnis bereiten wollte. Dafür würde ich aber nicht viel Zeit haben, denn der Druck in meinen Samensträngen wurde immer höher.

Ich schaute an mir herunter und beobachtete, wie mein nasser Schwanz immer wieder in ihrer glitschigen Möse verschwand. Aber auch dieses zuckende Poloch darüber reizte mich ungemein. Also ließ ich die Brust in meiner rechten Hand los und schob langsam meinen Zeigefinger in ihre Rosette.

Monika kreischte regelrecht. Es schien genau die Behandlung zu sein, die sie dringend brauchte.

Dann war es so weit. Ich konnte mich nicht mehr länger beherrschen: „Ich spritz jetzt ab", rief ich ihr zu.

Das wollte sie aber auch jeden Fall nicht in dieser Position. Schlagartig zog sie ihr Hinterteil nach vorn und drehte sich um. Ich konnte überhaupt nicht verhindern, dass mein Sperma mitten in ihr Gesicht spritzte. Ich traf ihre Haare, ihre Brille und ihre Lippen, die sie sofort gierig öffnete. Der nächste Samenschub landete genau in ihrem Mund.

Dann schnappte sie zu und mein Schwanz war wieder zwischen ihren Lippen verschwunden. Ich spritzte einfach weiter und sie saugte mich gleichzeitig regelrecht aus. Gierig schlürfte sie jeden Tropfen Sperma aus meiner Eichel heraus. Anschließend spuckte sie mein sauber gelecktes und inzwischen etwas weich gewordenes Glied einfach achtlos aus. Sie hockte sich hin, nahm ihre Brille ab und schleckte sie langsam und genießerisch sauber.

Es dauerte nur en paar Minuten, bis Monika Wiegand wieder so streng und geordnet aussah, wie vor unserem geilen Fick. Aber sie hatte alle nötigen Utensilien in ihrem Büro.

Hier gab es ein Waschbecken mit Spiegel, an dem sie ihr Gesicht wusch und die Haare wieder ordnete. Im Büroschrank hatte sie sogar eine zweite weiße Bluse, die sie schnell anzog.

Ich selbst musste nur meine Hose hochziehen. Ich war zwar etwas verschwitzt, aber das würde wohl nicht weiter auffallen.

Ich verabschiedete mich höflich, verließ das Büro und meldete mich dann wieder bei Katja.

Sie führte mich durch das Frauengefängnis, zeigte mir die Räume

und Absperrungen und stellte mir ihre
Kolleginnen und ein paar der Insassinnen
vor, für die ich in den nächsten tagen
zuständig sein würde.
Abgesehen von den heißen Blicken, die
Katja mir ab und zu zuzuwerfen schien,
passierte an diesem Tag nichts
Besonderes mehr.

Impressum:

Autor: Viktor Frankenberg
Titel: MILF-FANTASIES
Titelbild: www.shutterstock.com/
45996079.jpg

Herstellung und Verlag:
BoD - Books on Demand, Norderstedt
ISBN 978-3-7386-3832-5